Este libro pertenece a:

....

Es un regalo de:

....

Mis oraciones

Hablo con Jesús

Mis oraciones

Hablo con Jesús

Ilustraciones de

Jesús López Pastor

SAN PABLO

Introducción

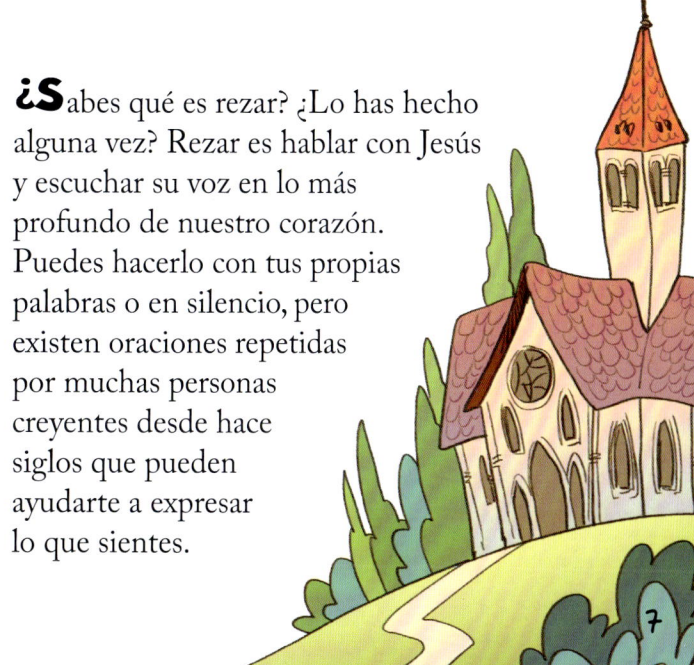

¿Sabes qué es rezar? ¿Lo has hecho alguna vez? Rezar es hablar con Jesús y escuchar su voz en lo más profundo de nuestro corazón. Puedes hacerlo con tus propias palabras o en silencio, pero existen oraciones repetidas por muchas personas creyentes desde hace siglos que pueden ayudarte a expresar lo que sientes.

En este libro podrás encontrar las oraciones, aprenderlas y recitarlas dándoles tu propio sentido y emoción. Desde el padrenuestro, que es la oración que el propio Jesús dirigió a su Padre y nos enseñó, hasta las plegarias que se rezan en la eucaristía o las que dirigimos todos los creyentes a María, la madre de Dios.

A lo largo de estas páginas, podrás dar gracias, pedir perdón o rezar por la paz y la reconciliación desde que te levantas por la mañana hasta que te vas a dormir al final del día.

Aprende a rezar, porque la oración
es el hilo que conecta nuestro corazón
con el de Jesús.

La señal de la santa cruz

Por la señal de la santa cruz, de nuestros enemigos líbranos, Señor, Dios nuestro. En el nombre del Padre y del Hijo y del Espíritu Santo.

Padrenuestro

Padre nuestro que estás en el cielo,
santificado sea tu nombre,
venga a nosotros tu reino,
hágase tu voluntad en la tierra
como en el cielo.
Danos hoy nuestro pan de cada día,
perdona nuestras ofensas como
también nosotros perdonamos
a los que nos ofenden.
No nos dejes caer en la
tentación, y líbranos del mal.
Amén.

Avemaría

Dios te salve, María,
llena eres de gracia;
el Señor es contigo.
Bendita tú eres
entre todas las mujeres,
y bendito es el fruto
de tu vientre, Jesús.

Santa María,
madre de Dios,
ruega por nosotros,
pecadores, ahora y en la hora
de nuestra muerte.
Amén.

Gloria

Gloria al Padre y al Hijo y al Espíritu Santo.
Como era en el principio, ahora y siempre,
por los siglos de los siglos. Amén.

Yo confieso

Yo confieso, ante Dios todopoderoso
y ante vosotros, hermanos,
que he pecado mucho de pensamiento,
palabra, obra y omisión.
Por mi culpa, por mi culpa,
por mi gran culpa,
por eso ruego a santa María,
siempre Virgen, a los ángeles,
a los santos y a vosotros, hermanos,
que intercedáis por mí
ante Dios, nuestro Señor.

Credo

Creo en un solo Dios,
Padre todopoderoso,
creador del cielo y de la tierra,
de todo lo visible y lo invisible.

Creo en un solo Señor, Jesucristo,
Hijo único de Dios,
nacido del Padre
antes de todos los siglos:
Dios de Dios, luz de luz,
Dios verdadero de Dios verdadero,
engendrado, no creado,
de la misma naturaleza del Padre,
por quien todo fue hecho;
que por nosotros, los hombres,

y por nuestra salvación bajó del cielo,
y por obra del Espíritu Santo
se encarnó de María, la Virgen,
y se hizo hombre;
y por nuestra causa fue crucificado
en tiempos de Poncio Pilato;
padeció y fue sepultado,
y resucitó al tercer día,
según las Escrituras, y subió al cielo,
y está sentado a la derecha del Padre;
y de nuevo vendrá con gloria,
para juzgar a vivos y muertos,
y su reino no tendrá fin.

Creo en el Espíritu Santo,
Señor y dador de vida,
que procede del Padre y del Hijo,
que con el Padre y el Hijo recibe
una misma adoración y gloria,
y que habló por los profetas.
Creo en la Iglesia, que es una,
santa, católica y apostólica.
Confieso que hay un solo bautismo
para el perdón de los pecados.
Espero la resurrección de los muertos
y la vida del mundo futuro.
Amén.

Acto de contrición

Señor mío, Jesucristo, Dios y hombre verdadero, Creador, Padre y Redentor mío, por ser Vos quien sois, y porque os amo sobre todas las cosas, me pesa de todo corazón haberos ofendido; propongo firmemente nunca más pecar, apartarme de todas las ocasiones de ofenderos, confesarme y cumplir la penitencia que me fuera impuesta.

Ofrezco, Señor, mi vida, obras y trabajos, en satisfacción de todos mis pecados, y, así como lo suplico, así confío en vuestra bondad y misericordia infinita, que los perdonaréis, por los méritos de vuestra preciosísima sangre, pasión y muerte, y me daréis gracia para enmendarme, y perseverar en vuestro santo amor y servicio, hasta el fin de mi vida. Amén.

21

Salve

Dios te salve, Reina y Madre de misericordia, vida, dulzura y esperanza nuestra; Dios te salve. A ti llamamos los desterrados hijos de Eva; A ti suspiramos, gimiendo y llorando en este valle de lágrimas. Ea, pues, Señora, abogada nuestra, vuelve a nosotros esos tus ojos misericordiosos; y después de este destierro, muéstranos a Jesús, fruto bendito de tu vientre. ¡Oh clementísima, oh piadosa, oh dulce Virgen María! Ruega por nosotros, santa Madre de Dios, para que seamos dignos de alcanzar las promesas de nuestro Señor Jesucristo. Amén.

Ángelus

El ángel del Señor anunció a María.
Y concibió por obra y gracia del Espíritu Santo.
Dios te salve, María...

He aquí la esclava del Señor.
Hágase en mí según tu palabra.
Dios te salve, María...

Y el hijo de Dios se hizo hombre.
Y habitó entre nosotros.
Dios te salve, María...

Ruega por nosotros, Santa Madre de Dios, para
que seamos dignos de alcanzar las promesas de
nuestro Señor Jesucristo. Amén.

Magnífícat

Proclama mi alma la grandeza del Señor,
se alegra mi espíritu en Dios, mi salvador;
porque ha mirado la humildad de su esclava.
Desde ahora me felicitarán
todas las generaciones, porque el Poderoso
ha hecho obras grandes en mí;
su nombre es santo,
y su misericordia llega a sus fieles
de generación en generación.
Él hace proezas con su brazo,
dispersa a los soberbios de corazón.
Derriba del trono a los poderosos
y enaltece a los humildes.

A los hambrientos los colma de bienes,
y a los ricos los despide vacíos.
Auxilia a Israel, su siervo,
acordándose de la misericordia,
como lo había prometido a nuestros padres,
en favor de Abrahán
y su descendencia por siempre.
Gloria al Padre y al Hijo y al Espíritu Santo
como era en un principio, ahora y siempre,
por los siglos de los siglos. Amén.

Ángel de la guarda

Ángel de mi guarda, dulce compañía,
no me desampares ni de noche ni de día.
No me dejes solo que me perdería.

Las horas que pasan, las horas del día,
si tú estás conmigo serán de alegría.

No me dejes solo, sé en todo mi guía;
sin ti soy chiquito y me perdería.

Jesusito de mi vida

Jesusito de mi vida,
eres niño como yo,
por eso te quiero tanto
y te doy mi corazón.

¡Tómalo! ¡Tómalo!
Tuyo es, mío no.

27

Oración al levantarse

Bendita la luz del día
y el Señor que nos la envía.
¡Bendito el niño Jesús,
bendita santa María!

Oración de la mañana

Señor Jesús, te doy gracias por este día que empieza. Te pido que estés conmigo durante todo el día; y que me enseñes a querer a todos como tú me quieres.

Oración al acostarse

Con Dios me acuesto,
con Dios me levanto,
con la Virgen María
y el Espíritu Santo.

Oración de la noche

Señor Jesús, cuando el día
ya termina, y llega la noche,
te doy gracias por las alegrías
que he tenido hoy;
y te pido perdón por las veces
que he hecho sufrir a los demás.
Señor Jesucristo, guárdame
durante esta noche,
guarda a mis padres y hermanos,
guarda a mis familiares y amigos.
Y enséñame a quererte cada día más.

La eucaristía

¿Qué es la eucaristía?

La eucaristía es un banquete solemne en el que Cristo está realmente presente en forma de pan y vino. Así lo vivimos los cristianos, pues después de la muerte y resurrección de Jesús creemos en él como aquel que está presente y activo en medio de nosotros. Recibir la comunión es un regalo y una fiesta, pues recibes el cuerpo y la sangre de Cristo. Al recibir a Jesús manifiestas que quieres ser su amigo para siempre, que quieres conocerle y recibirle de verdad en tu vida, que quieres ser parte de él y pertenecer a su gran familia.

Cuando comulgues, no te olvides de dar gracias
a Jesús por estar presente en tu corazón.
No dudes en pedirle la fuerza necesaria
para amarle cada día de tu vida.

La santa misa

Cuando vamos a misa,
respondemos a la llamada de
Dios, que nos invita a escuchar
su Palabra y a participar en el
banquete solemne en el que
Cristo se nos da en el pan
y el vino.

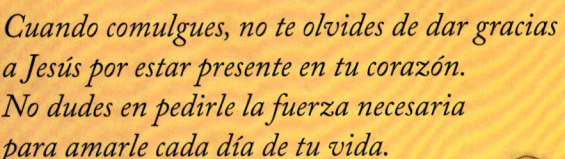

33

Ritos iniciales

Canto de entrada

Mientras el sacerdote entra en la iglesia, cantamos con alegría por participar en la fiesta.

Saludo

Sacerdote (S): En el nombre del Padre y del Hijo y del Espíritu Santo.
Todos (T): Amén.

S. La gracia de nuestro Señor Jesucristo, el amor del Padre y la comunión del Espíritu Santo estén con todos vosotros.
T. Y con tu espíritu.

Acto penitencial

El Señor perdona nuestros pecados

S. Hermanos: Para celebrar dignamente estos sagrados misterios, reconozcamos nuestros pecados.

Después de un breve silencio, todos juntos recitamos:

T. Yo confieso ante Dios todopoderoso y ante vosotros, hermanos, que he pecado mucho de pensamiento, palabra, obra y omisión. Por mi culpa, por mi culpa, por mi gran culpa. Por eso ruego a santa María, siempre Virgen, a los ángeles, a los santos y a vosotros, hermanos, que intercedáis por mí ante Dios, nuestro Señor.

S. Dios todopoderoso tenga misericordia de nosotros, perdone nuestros pecados y nos lleve a la vida eterna.
T. Amén.

Invocaciones

S. Señor, ten piedad.

T. Señor, ten piedad.

S. Cristo, ten piedad.

T. Cristo, ten piedad.

S. Señor, ten piedad.

T. Señor, ten piedad.

Gloria

*Esta oración se canta o se reza los domingos
y los días de fiesta.*

T. Gloria a Dios en el cielo, y en la tierra paz a
los hombres que ama el Señor. Por tu inmensa
gloria te alabamos, te bendecimos, te adoramos,
te glorificamos, te damos gracias, Señor Dios,
Rey celestial, Dios Padre todopoderoso. Señor,
Hijo único, Jesucristo. Señor Dios, Cordero de
Dios, Hijo del Padre; tú que quitas el pecado del

mundo, ten piedad de nosotros; tú que quitas
el pecado del mundo, atiende nuestra súplica;
tú que estás sentado a la derecha del Padre, ten
piedad de nosotros; porque solo tú eres Santo,
solo tú Señor, solo tú Altísimo, Jesucristo, con el
Espíritu Santo en la gloria de Dios Padre. Amén.

*Después, el sacerdote recita la oración colecta
y respondemos:*

Amén.

Liturgia de la Palabra

Cuando queremos a alguien, nos gusta escuchar lo que dice. La Biblia nos recuerda todo lo que Dios ha hecho por nosotros a lo largo de los siglos. Por eso escuchamos atentamente las lecturas. Es Dios quien nos habla hoy a nosotros.

Primera lectura

Salmo responsorial

Segunda lectura

Después de las dos primeras lecturas:

Lector: Palabra de Dios.
T. Te alabamos, Señor.

Evangelio

Nos ponemos de pie y antes de proclamar
el sacerdote el Evangelio:

S. El Señor esté con vosotros.
T. Y con tu Espíritu.
S. Lectura del santo Evangelio según san...
(Mateo, Marcos, Lucas, Juan).
T. Gloria a ti, Señor Jesús.

Después de la lectura del Evangelio:

S. Palabra del Señor.
T. Gloria a ti, Señor Jesús.

Homilía

Nos sentamos para escuchar al sacerdote, que
nos invita y anima a vivir lo que se ha leído
en las lecturas.

Credo

En el credo, o símbolo de los apóstoles,
expresamos nuestra fe, es decir, el conjunto
de las verdades y los hechos de la historia
de la salvación en los que creemos.

T. Creo en Dios, Padre todopoderoso,
creador del cielo y de la tierra.
Creo en Jesucristo, su único Hijo,
nuestro Señor, que fue concebido
por obra y gracia del Espíritu Santo,
nació de santa María Virgen,
padeció bajo el poder
de Poncio Pilato,
fue crucificado, muerto y sepultado,
descendió a los infiernos,
al tercer día resucitó

de entre los muertos,
subió a los cielos y está sentado
a la derecha de Dios,
Padre todopoderoso.
Desde allí ha de venir
a juzgar a vivos y muertos.
Creo en el Espíritu Santo,
la santa Iglesia católica,
la comunión de los santos,
el perdón de los pecados,
la resurrección de la carne
y la vida eterna. Amén.

Oración de los fieles

Terminada la oración del credo, el sacerdote nos
invita a orar por las necesidades de la Iglesia
y del mundo.

Liturgia eucarística

Preparación de los dones

Se llevan al altar el pan y el vino, que serán transformados por obra y gracia del Espíritu Santo en el cuerpo y la sangre de Cristo.

S. Bendito seas, Señor, Dios del universo, por este pan...
T. Bendito seas por siempre, Señor.

S. Bendito seas, Señor, Dios del universo, por este vino...
T. Bendito seas por siempre, Señor.

S. Orad, hermanos, para que este sacrificio, mío y vuestro, sea agradable a Dios Padre, todopoderoso.

T. El Señor reciba de tus manos este sacrificio, para alabanza y gloria de su nombre, para nuestro bien y el de toda su santa Iglesia.

Plegaria eucarística

En este momento el sacerdote da gracias a Dios por todas las cosas que de Él recibimos, actualizando las palabras y gestos de Jesús en la última cena.

S. El Señor esté con vosotros.
T. Y con tu espíritu.

S. Levantemos el corazón.
T. Lo tenemos levantado hacia el Señor.

S. Demos gracias al Señor, nuestro Dios.
T. Es justo y necesario.

S. En verdad es justo y necesario...

Terminado el prefacio, todos aclaman:

T. Santo, Santo, Santo es el Señor,
Dios del Universo.
Llenos están el cielo
y la tierra de tu gloria.
Hosanna en el cielo.
Bendito el que viene
en nombre del Señor.
Hosanna en el cielo.

45

El sacerdote, con las manos extendidas, proclama la plegaria eucarística. Llegado el momento de la consagración, quienes pueden se arrodillan mientras el celebrante toma el pan y dice:

Tomad y comed todos de él, porque esto es mi cuerpo, que será entregado por vosotros.

Muestra el pan consagrado al pueblo, lo deposita en la patena, lo adora y después prosigue:

Del mismo modo, acabada la cena, tomó el cáliz, y, dándote gracias de nuevo, lo pasó a sus discípulos, diciendo: «Tomad y bebed todos de él, porque este es el cáliz de mi Sangre, Sangre de la alianza nueva y eterna que será derramada por vosotros y por muchos para el perdón de los pecados. Haced esto en conmemoración mía».

Después de la consagración:

S. Este es el sacramento de nuestra fe.
T. Anunciamos tu muerte, proclamamos tu resurrección. ¡Ven, Señor Jesús!

El sacerdote prosigue la plegaria eucarística, y al final, sosteniendo y elevando el pan consagrado y el cáliz, dice:

S. Por Cristo, con él y en él, a ti, Dios Padre omnipotente, en la unidad del Espíritu Santo, todo honor y toda gloria por los siglos de los siglos.
T. Amén.

Rito de comunión

Después de la consagración siguen los ritos de la comunión y la paz. Nos preparamos para recibir el cuerpo y la sangre de Cristo.

Padrenuestro

S. Fieles a la recomendación del Salvador y siguiendo su divina enseñanza, nos atrevemos a decir:

T. Padre nuestro, que estás en el cielo...

S. Líbranos de todos los males, Señor... mientras esperamos la gloriosa venida de nuestro Salvador Jesucristo.

T. Tuyo es el reino, tuyo el poder y la gloria por siempre, Señor.

Rito de la paz

S. Señor Jesucristo, que dijiste a los apóstoles...
Tú, que vives y reinas por los siglos
de los siglos.

T. Amén.

S. La paz del Señor esté siempre con vosotros.

T. Y con tu espíritu.

S. Daos fraternalmente la paz.

Mientras el sacerdote parte el pan:

T. Cordero de Dios que quitas el pecado
del mundo. Ten piedad de nosotros.
Cordero de Dios que quitas el pecado
del mundo. Ten piedad de nosotros.
Cordero de Dios que quitas el pecado
del mundo. Danos la paz.

52

Comunión

S. Este es el Cordero de Dios, que quita el pecado del mundo. Dichosos los invitados a la cena del Señor.

T. Señor, no soy digno de que entres en mi casa, pero una palabra tuya bastará para sanarme.

S. El cuerpo de Cristo.

T. Amén.

Después de comulgar permanecemos en silencio o cantamos una canción para dar gracias a Dios por permitirnos participar de la fiesta de la eucaristía.

Rito de despedida

S. El Señor esté con vosotros.

T. Y con tu espíritu.

S. La bendición de Dios todopoderoso, Padre, Hijo y Espíritu Santo, descienda sobre vosotros.

T. Amén.

S. Podéis ir en paz.

T. Demos gracias a Dios.

El santo rosario

En los misterios del rosario recordamos los momentos más importantes de la vida de Jesús, los recorremos junto a María para comprenderlos mejor. Cuando reces, tómate tu tiempo. Lo importante no es decir muchas cosas, sino rezar a Jesús en compañía de María, dejarse llenar por la presencia de Dios.

Orden de los misterios

- Lunes y sábados: Misterios gozosos.
- Jueves: Misterios luminosos.
- Martes y viernes: Misterios dolorosos.
- Miércoles y domingos: Misterios gloriosos.

57

Cómo rezar el rosario

Se debe comenzar haciendo la señal de la cruz, poniéndonos en la presencia de Dios Padre, Hijo y Espíritu Santo, después se reza el credo o el acto de contrición. Es conveniente que el rosario sea ofrecido por alguna intención, por ejemplo: nuestra familia, nuestros amigos, etc.

- Rezar un padrenuestro.
- Rezar tres avemarías y un gloria.
- Anunciar un misterio.
- Rezar un padrenuestro seguido de diez avemarías y un gloria.

Misterios gozosos

Primer misterio
La encarnación del hijo de Dios.

María le respondió al ángel: «Aquí está la esclava del Señor; hágase en mí según tu palabra».

• Rezar un padrenuestro, seguido de diez avemarías y un gloria.

Todos: María, Madre de gracia, Madre de misericordia, defiéndenos del enemigo y ampáranos ahora y en la hora de nuestra muerte. Amén.

Oración

María, madre de Dios y madre nuestra, te damos gracias por las cosas buenas que nos das todos los días. Escucha nuestra oración, llévanos siempre de tu mano y no permitas que nos separemos de ti. Amén.

Segundo misterio

*La visitación de nuestra Señora a su prima
santa Isabel.*

Cuando María llega, Isabel la abraza
y le dice: «Bendita tú entre todas
las mujeres y bendito el fruto
de tu vientre».

Tercer misterio

El nacimiento del hijo de Dios en Belén.

María dio a luz a su hijo primogénito; lo
envolvió en pañales y lo acostó en un pesebre.

65

Cuarto misterio

La presentación de Jesús en el templo de Jerusalén.

Simeón tomó al niño en brazos y dijo: «Este niño será la luz que alumbrará a todos los pueblos».

67

Quinto misterio

El niño Jesús perdido y hallado en el templo.

Jesús les dice a María y a José: «¿Por qué me buscabais? ¿No sabéis que debo ocuparme en los asuntos de mi Padre?».

Misterios luminosos

Primer misterio

El bautismo de Jesús en el Jordán.

Una voz hablaba desde el cielo: «Tú eres mi hijo amado, mi predilecto».

- Rezar un padrenuestro, seguido
- de diez avemarías y un gloria.

Todos: María, Madre de gracia, Madre de misericordia, defiéndenos del enemigo y ampáranos ahora y en la hora de nuestra muerte. Amén.

Oración

María, madre de Dios y madre nuestra, te damos gracias por las cosas buenas que nos das todos los días. Escucha nuestra oración, llévanos siempre de tu mano y no permitas que nos separemos de ti.

Amén.

Segundo misterio

La autorrevelación de Jesús en las bodas de Caná.

María les dijo a los siervos: «Haced lo que Jesús os diga».

Tercer misterio

El anuncio del reino de Dios.

Jesús recorría toda Galilea enseñando
en las sinagogas y proclamando
la Buena Nueva del reino de Dios.

75

Cuarto misterio

La transfiguración.

Jesús se transfiguró y sus ropas se volvieron resplandecientes.

Quinto misterio

La institución de la eucaristía.

Jesús tomó pan, lo bendijo, lo partió y lo dio a sus discípulos diciendo: «Tomad y comed, esto es mi cuerpo».

Misterios dolorosos

Primer misterio

La oración de Jesús en el huerto.

Antes de ser apresado, Jesús les dice a sus
discípulos: «Me muero de tristeza; quedaos
aquí y velad conmigo». Después se retira
a rezar a su Padre.

- Rezar un padrenuestro, seguido de
  diez avemarías y un gloria.

Todos: María, Madre de gracia, Madre
de misericordia, defiéndenos del enemigo
y ampáranos ahora y en la hora de nuestra
muerte. Amén.

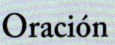

Oración

María, madre de Dios y madre nuestra, te damos gracias por las cosas buenas que nos das todos los días. Escucha nuestra oración, llévanos siempre de tu mano y no permitas que nos separemos de ti. Amén.

Segundo misterio

La flagelación de Jesús.

Jesús es golpeado por unos soldados.
Pilato ordena que Jesús sea azotado.

83

Tercer misterio

La coronación de espinas.

Los soldados trenzan una corona
de espinas y se la ponen a Jesús
en la cabeza.

85

Cuarto misterio

Jesús con la cruz a cuestas.

Jesús subió al monte Calvario llevando su cruz.

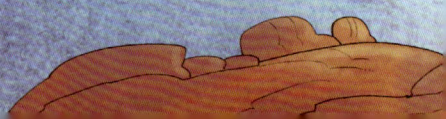

87

Quinto misterio

Crucifixión y muerte de Jesús.

Después de haber sufrido mucho, Jesús muere en la cruz diciendo: «Padre, perdónalos, porque no saben lo que hacen».

89

Misterios gloriosos

Primer misterio

La resurrección del hijo de Dios.

El ángel dijo a las mujeres: «No temáis: sé que buscáis a Jesús, el crucificado. No está aquí, ¡ha resucitado!, como había dicho».

• Rezar un padrenuestro, seguido de diez avemarías y un gloria.

Todos: María, Madre de gracia, Madre de misericordia, defiéndenos del enemigo y ampáranos ahora y en la hora de nuestra muerte. Amén.

Oración

María, madre de Dios y madre nuestra, te damos gracias por las cosas buenas que nos das todos los días. Escucha nuestra oración, llévanos siempre de tu mano y no permitas que nos separemos de ti. Amén.

Segundo misterio

La ascensión del Señor a los cielos.

Después de la resurrección, Jesús bendijo a sus
discípulos. Entonces, mientras les bendecía,
se separó de ellos y subió al cielo.

Tercer misterio

La venida del Espíritu Santo sobre los apóstoles.

Jesús les dijo: «Recibiréis la fuerza del Espíritu Santo, que descenderá sobre vosotros. Entonces seréis mis testigos hasta los confines de la Tierra».

Cuarto misterio

La asunción de María a los cielos.

María dijo: «Desde ahora me felicitarán todas las generaciones, porque el Poderoso ha hecho obras grandes en mí».

97

Quinto misterio

*La coronación de la Virgen como reina
de cielos y tierra.*

Una gran señal apareció en el cielo: una mujer
vestida del sol, con la luna bajo sus pies y una
corona de doce estrellas sobre su cabeza.

Oración de san Bernardo

Acordaos,
oh piadosísima Virgen María,
que jamás se ha oído decir
que ninguno de los que han acudido
a tu protección,
implorando tu asistencia
y reclamando tu socorro,
haya sido abandonado de ti.
Animado con esta confianza,
a ti también acudo, oh Madre,
Virgen de las vírgenes,
y aunque gimiendo
bajo el peso de mis pecados,
me atrevo a comparecer
ante tu presencia soberana.
No deseches mis humildes súplicas,
oh Madre del Verbo divino, antes bien,
escúchalas y acógelas benignamente. Amén.

Letanías de la Virgen

Señor, ten piedad.
Cristo, ten piedad.
Señor, ten piedad.
Cristo, óyenos.
Cristo, escúchanos.

Dios, Padre celestial,
ten piedad de nosotros.
Dios, Hijo, Redentor del mundo,
Dios, Espíritu Santo,
Santísima Trinidad, un solo Dios.

103

Santa María, *ruega por nosotros.*
Santa Madre de Dios,
Santa Virgen de las Vírgenes,
Madre de Cristo,
Madre de la Iglesia,
Madre de la divina gracia,
Madre purísima,
Madre castísima,
Madre siempre virgen,
Madre inmaculada,
Madre amable,
Madre admirable,
Madre del buen consejo,
Madre del Creador,
Madre del Salvador,
Madre de misericordia,
Virgen prudentísima,
Virgen digna de veneración,
Virgen digna de alabanza,

Virgen poderosa,
Virgen clemente,
Virgen fiel,
Espejo de justicia,
Trono de la sabiduría,
Causa de nuestra alegría,
Vaso espiritual,
Vaso digno de honor,
Vaso de insigne devoción,
Rosa mística,
Torre de David,
Torre de marfil,
Casa de oro,
Arca de la alianza,
Puerta del cielo,
Estrella de la mañana,
Salud de los enfermos,
Refugio de los pecadores,
Consoladora de los afligidos,

Auxilio de los cristianos,
Reina de los Ángeles,
Reina de los Patriarcas,
Reina de los Profetas,
Reina de los Apóstoles,
Reina de los Mártires,
Reina de los Confesores,
Reina de las Vírgenes,
Reina de todos los Santos,
Reina concebida sin pecado original,
Reina asunta a los Cielos,
Reina del Santísimo Rosario,
Reina de la familia,
Reina de la paz.

Cordero de Dios, que quitas el pecado
del mundo,
perdónanos, Señor.

Cordero de Dios, que quitas el pecado
del mundo,
escúchanos, Señor.

Cordero de Dios, que quitas el pecado
del mundo,
ten misericordia de nosotros.

Ruega por nosotros, Santa Madre de Dios.
Para que seamos dignos de las
promesas de Cristo.

El vía crucis

El «camino de la cruz» recorrido por Jesús nos enseña la grandeza del amor de Dios por su criatura. Nos muestra que somos importantes para Dios.

111

Cómo rezar el vía crucis

Ponte cómodo, sentado o de rodillas. Haz
la señal de la cruz y luego lee el título de la
estación y pronuncia esta invocación:

«Te adoramos, ¡oh, Cristo!,
y te bendecimos,
porque por tu santa cruz
has redimido al mundo».

Lee el fragmento de la Escritura. En silencio, recrea la escena. Los ruidos, la gente, la cara de Jesús y de aquellos con los que se encuentra... Puedes imaginar que estás con María o que eres uno de los personajes que acompañan a Jesús. Luego reza un padrenuestro, un avemaría y un gloria.

Estaciones del vía crucis

I. Jesús es condenado a muerte

Guía: Te adoramos, ¡oh, Cristo!,
y te bendecimos.
Todos: Porque por tu santa cruz has redimido
al mundo.

«Pilato les entregó a Jesús, para que lo azotaran
y lo crucificaran» (Mc 15,15).

¡Qué gran amor nos tiene Jesús, que se entrega
para salvarnos!, pidámosle que nos enseñe a
amar como él ama, a no condenar ni juzgar
a los demás. Que nuestro corazón, Jesús, sea
como el tuyo, rico en amor y misericordia.

• Padrenuestro, avemaría y gloria.

II. Jesús con la cruz a cuestas

Guía: Te adoramos, ¡oh, Cristo!, y te bendecimos.
Todos: Porque por tu santa cruz has redimido al mundo.

«Jesús, cargado con la cruz, salió hacia el lugar llamado el Calvario» (Jn 19,17).

¡Cuánto pesa la cruz de Jesús!, pero él sigue caminando a pesar del sufrimiento porque sabe que Dios está con él. Jesús, ayúdame con mi cruz de cada día y concédeme que, como tú, sea una ofrenda de amor. Señor, ten misericordia de mí.

• Padrenuestro, avemaría y gloria.

117

III. Jesús cae por primera vez

Guía: Te adoramos, ¡oh, Cristo!, y te bendecimos.
Todos: Porque por tu santa cruz has redimido al mundo.

«Venid a mí todos los que estáis cansados y agobiados, y yo os aliviaré» (Mt 11,28).

Jesús está agotado y cae bajo el peso de la cruz, pero humildemente se levanta y sigue su camino. Jesús, Señor mío, cuando esté desanimado o triste y todo me resulte difícil, dame tu fuerza para seguir caminando. Ayúdame a levantarme siempre y a amarte cada día más.

• Padrenuestro, avemaría y gloria.

IV. Jesús se encuentra con María, su madre

Guía: Te adoramos, ¡oh, Cristo!, y te bendecimos.
Todos: Porque por tu santa cruz has redimido al mundo.

«Simeón le dijo a María: "Este niño está destinado en Israel para que unos caigan y otros se levanten. Y a ti una espada te atravesará el corazón"» (Lc 2,34-35).

María ama inmensamente a Jesús y va caminando junto a su Hijo hasta el final, su corazón de madre espera siempre en Dios. Señor Jesús, que mi corazón sea como el de María, lleno de ternura y amor.

• Padrenuestro, avemaría y gloria.

V. Simón de Cirene ayuda a Jesús a llevar su cruz

Guía: Te adoramos, ¡oh, Cristo!, y te bendecimos.
Todos: Porque por tu santa cruz has redimido al mundo.

«Echaron mano de un tal Simón de Cirene, que venía del campo, y le cargaron la cruz para que la llevara detrás de Jesús» (Lc 23,26).

Simón de Cirene tiene un gran corazón y ayuda a Jesús. Nosotros también podemos ayudar a cargar con la cruz a aquellos que sufren. Señor, dame un corazón compasivo para ayudar a los demás.

• Padrenuestro, avemaría y gloria.

123

VI. La Verónica limpia el rostro de Jesús

Guía: Te adoramos, ¡oh, Cristo!, y te
bendecimos.
Todos: Porque por tu santa cruz has redimido
al mundo.

«Sin gracia ni belleza para atraer la mirada.
Despreciado, desecho de la humanidad, hombre
de dolores, como uno ante el cual se oculta
el rostro» (Is 53,3-4).

¡Qué dulce y compasiva fue la mirada de la
Verónica a Jesús! Señor, que sepamos mirar como
ella para descubrirte en todos aquellos que sufren:
los enfermos, los ancianos y los que están solos.

• Padrenuestro, avemaría y gloria.

VII. Jesús cae por segunda vez

Guía: Te adoramos, ¡oh, Cristo!, y te bendecimos.
Todos: Porque por tu santa cruz has redimido al mundo.

«Era maltratado, y no se resistía ni abría la boca; como cordero llevado al matadero» (Is 53,7).

Jesús cae por segunda vez, sus fuerzas se agotan, pero lentamente se levanta, alza la mirada y sigue el camino de la cruz, que es el camino del amor. Señor Jesús, enséñame a levantarme siempre, que tu fuerza sea mi fuerza.

• Padrenuestro, avemaría y gloria.

127

VIII. Jesús consuela a las mujeres de Jerusalén

Guía: Te adoramos, ¡oh, Cristo!, y te bendecimos.
Todos: Porque por tu santa cruz has redimido al mundo.

«Jesús les dijo: "Hijas de Jerusalén, no lloréis por mí; llorad por vosotras y por vuestros hijos"» (Lc 23,28).

A pesar del cansancio y del peso de la cruz, Jesús se detiene y consuela a las mujeres que están en el camino. Señor, que yo también tenga palabras de consuelo y amor con los que sufren.

• Padrenuestro, avemaría y gloria.

129

IX. Jesús cae por tercera vez

Guía: Te adoramos, ¡oh, Cristo!, y te bendecimos.
Todos: Porque por tu santa cruz has redimido al mundo.

«Os aseguro que si el grano de trigo que cae en la tierra no muere, queda infecundo; pero si muere, produce mucho fruto» (Jn 12,24).

Jesús vuelve a caer, el peso de la cruz es insoportable, pero su amor por la humanidad es más fuerte y se levanta. Que nuestro amor, como el tuyo, Señor, vaya hasta el final.

• Padrenuestro, avemaría y gloria.

131

X. Jesús es despojado de su ropa

Guía: Te adoramos, ¡oh, Cristo!, y te bendecimos.
Todos: Porque por tu santa cruz has redimido al mundo.

«Los soldados, después de crucificar a Jesús, se repartieron la ropa en cuatro partes, una para cada uno» (Jn 19,23).

Jesús, a pesar de las burlas y desprecios, sigue amando a todos, porque su corazón es amoroso y misericordioso. Señor, enséñame a mirar con amor a las personas con las que me encuentro día a día.

• Padrenuestro, avemaría y gloria.

XI. Jesús es clavado en la cruz

Guía: Te adoramos, ¡oh, Cristo!, y te bendecimos.
Todos: Porque por tu santa cruz has redimido al mundo.

«Jesús, al ver a su madre y junto a ella al discípulo preferido, dijo a su madre: "Mujer, ahí tienes a tu hijo". Luego dijo al discípulo: "Ahí tienes a tu madre"» (Jn 19,26-27).

María no abandona a Jesús ni a nosotros tampoco, podemos sentir sus manos amorosas que nos consuelan. Señor, recibo a María como a mi propia madre y con ella rezo por todas las personas que sufren.

• Padrenuestro, avemaría y gloria.

INRI

135

XII. Jesús muere en la cruz

Guía: Te adoramos, ¡oh, Cristo!, y te bendecimos.
Todos: Porque por tu santa cruz has redimido al mundo.

«Cuando llegaron al lugar llamado Calvario, crucificaron allí a Jesús. Jesús decía: "Padre, perdónalos, porque no saben lo que hacen"» (Lc 23,33-34).

Jesús, antes de morir, se dirige al Padre. Su grito de sufrimiento es también de amor y de perdón. Señor Jesús, que yo también perdone como lo haces tú, y que mis brazos estén dispuestos a acoger a todos.

• Padrenuestro, avemaría y gloria.

137

XIII. Bajan a Jesús de la cruz

Guía: Te adoramos, ¡oh, Cristo!, y te bendecimos.
Todos: Porque por tu santa cruz has redimido al mundo.

«Al caer la tarde, vino un hombre rico de Arimatea, llamado José, que era también discípulo de Jesús. Se presentó a Pilato, le pidió el cuerpo de Jesús, y Pilato mandó que se lo dieran» (Mt 27,57-58).

José de Arimatea, un amigo de Jesús, baja su cuerpo y se lo entrega a María. Ella lo abraza y en sus ojos sigue viva la llama de la esperanza. Señor, que, como María, mi esperanza esté siempre viva.

• Padrenuestro, avemaría y gloria.

139

XIV. El cuerpo de Jesús es colocado en el sepulcro

Guía: Te adoramos, ¡oh, Cristo!, y te bendecimos.

Todos: Porque por tu santa cruz has redimido al mundo.

«José tomó el cuerpo, lo envolvió en una sábana limpia y lo depositó en su propio sepulcro. Hizo rodar una losa grande para cerrar la puerta y se fue» (Mt 27,59-60).

Se ha hecho el silencio, pero el silencio de Jesús es el de la vida que espera paciente. Señor Jesús, enséñame a creer en ti a pesar de las dificultades y adversidades.

• Padrenuestro, avemaría y gloria.

XV. Jesús ha resucitado

Guía: Te adoramos, ¡oh, Cristo!, y te bendecimos.
Todos: Porque por tu santa cruz has redimido al mundo.

«Pero el ángel, dirigiéndose a las mujeres, les dijo: "No temáis; sé que buscáis a Jesús, el crucificado. No está aquí. Ha resucitado, como dijo"» (Mt 28,5-6).

¡Jesús ha resucitado! ¡La tumba está vacía! La esperanza renace. Jesús está vivo y nos invita a salir del egoísmo, el odio y el rencor, nos invita a amar. Señor, que en cada paso que dé anuncie tu resurrección.

• Padrenuestro, Avemaría y Gloria.

143

Los sacramentos

A Dios no le podemos ver con los ojos. Pero Él
ha querido darnos signos visibles para que,
a lo largo de nuestra vida, sintamos su presencia
y todo su amor. Los siete sacramentos son
estos signos visibles. Los sacramentos pueden
ser de iniciación: bautismo, confirmación y
eucaristía; de sanación: reconciliación y unción
de enfermos; y de servicio: orden sacerdotal
y matrimonio.

El bautismo

Al recibir el bautismo somos lavados del pecado original y Dios nos acoge en su gran familia.

La confirmación

En la confirmación recibimos el Espíritu Santo,
que nos da la fuerza necesaria para
seguir y vivir como Jesús.

La penitencia o reconciliación

Dios nos perdona de todas nuestras faltas
y vuelve a nuestro corazón.

La eucaristía

Jesucristo se nos da bajo la forma
del pan y del vino.

La unción de los enfermos

En la unción de enfermos, Dios
reconforta a los enfermos y les
da consuelo, paz y ánimo.

El orden sacerdotal

La misión del sacerdote es servir con amor a Dios y a todos los hombres.

El matrimonio

Dios bendice a los novios para que se amen
y se respeten como Él nos ama.

Los diez mandamientos de la ley de Dios

No caminamos a ciegas y sin rumbo. Dios mismo, nos dice el libro del Éxodo, dio a Moisés los diez mandamientos como faros que iluminan el caminar del hombre.

I. Amarás a Dios sobre todas las cosas.

II. No tomarás el nombre de Dios en vano.

III. Santificarás las fiestas.

IV. Honrarás a tu padre y a tu madre.

V. No matarás.

VI. No cometerás actos impuros.

VII. No robarás.

VIII. No darás falso testimonio ni mentirás.

IX. No consentirás pensamientos ni deseos impuros.

X. No codiciarás los bienes ajenos.

Estos diez mandamientos se resumen en dos:

**Amarás a Dios sobre todas las cosas
y al prójimo como a ti mismo.**

Los cinco mandamientos de la Iglesia

Nuestra madre la Iglesia, quiere lo mejor para sus hijos. Con estos mandamientos busca ayudarnos a vivir mejor nuestras obligaciones en la vida sacramental y eclesial.

I. Oír misa entera todos los domingos y fiestas de guardar.

II. Confesar los pecados mortales al menos una vez al año, en peligro de muerte y si se ha de comulgar.

III. Comulgar al menos por Pascua de Resurrección.

IV. Ayunar y abstenerse de comer carne cuando lo manda la santa madre Iglesia.

V. Ayudar a la Iglesia en sus necesidades.

Las obras de misericordia

Hay cosas que nos dan identidad, que hacen que seamos y tengamos algo especial. Las obras de misericordia nos dan ese distintivo de cristianos, pues son acciones que hacen efectivo y concreto el precepto del amor.

Espirituales

- Enseñar al que no sabe.
- Dar buen consejo al que lo necesita.
- Corregir al que yerra.
- Perdonar las injurias.
- Consolar al triste.
- Sufrir con paciencia los defectos del prójimo.
- Rogar a Dios por los vivos y difuntos.

Corporales

- Visitar y cuidar a los enfermos.
- Dar de comer al hambriento.
- Dar de beber al sediento.
- Dar posada al peregrino.
- Vestir al desnudo.
- Redimir al cautivo.
- Enterrar a los muertos.

Las bienaventuranzas

Jesús nos ha dejado el plan perfecto para una vida plena. Dios nos quiere dichosos, nos quiere felices, y nos da la «llave» de la felicidad.

- Bienaventurados los pobres de espíritu, porque de ellos es el reino de los cielos.
- Bienaventurados los mansos, porque ellos poseerán en herencia la tierra.
- Bienaventurados los que lloran, porque ellos serán consolados.

- Bienaventurados los que tienen hambre y sed de justicia, porque ellos serán saciados.
- Bienaventurados los misericordiosos, porque ellos alcanzarán misericordia.

- Bienaventurados los limpios de corazón, porque ellos verán a Dios.
- Bienaventurados los que buscan la paz, porque ellos serán llamados hijos de Dios.
- Bienaventurados los perseguidos por causa de la justicia, porque de ellos es el reino de los cielos.

165

Los dones
del Espíritu Santo

Ser cristiano no es nada fácil. Debemos esforzarnos de todo corazón por vivir el Evangelio y pedir al Espíritu Santo que a través de sus dones nos ayude a seguir el camino que nos conduce a Dios. Procuraremos vivir estos regalos del Espíritu Santo todos los días de nuestra vida.

Sabiduría

La sabiduría es el primero de los dones, y a
través de él comprendemos las maravillas de
Dios, dándonos una capacidad especial para
juzgar las cosas, pues las vemos a la luz
del Espíritu Santo.

Inteligencia

Este don nos hace comprender mejor la Palabra
de Dios y las verdades de la fe que profesamos,
haciendo más profunda e íntima nuestra
relación con Dios.

Consejo

El don de consejo nos permite elegir día a día
lo que quiere Dios de nosotros, haciendo que
busquemos siempre la santidad, para así dar
gloria a Dios.

Fortaleza

El don de la fortaleza nos ayuda y anima a superar las dificultades y los peligros, pues la fuerza de Dios nos acompaña siempre.

Ciencia

Este don de Dios nos permite ver y juzgar las cosas según la voluntad de Dios, ayudándonos a descubrirlo en la creación que todos debemos cuidar.

Piedad

La piedad, como don de Dios, hace que nos demos cuenta de que nuestro corazón y nuestra vida pertenecen a Dios, a quien debemos alabar y dar gracias por todas las cosas buenas que nos da.

Temor de Dios

El don de temor de Dios no tiene que ver con el miedo a Dios, sino con la confianza de saber que somos sus hijos y que Él nos ama y perdona siempre, pues quiere nuestra salvación.

Las virtudes

«**P**or lo demás, hermanos, considerad lo que hay de verdadero, de noble, de justo, de puro, de amable, de buena fama, de virtuoso, de laudable» (Flp 4,8). Las «siete lámparas» de la vida, llamadas «virtudes», han de constituir el entorno de los cristianos. Que Dios nos conceda la gracia de crecer en cada una de ellas.

Virtudes teologales

Fe

Por esta virtud creemos en Dios y en todo lo que Él nos ha revelado, y que la Iglesia propone, porque Dios es la verdad misma. Como discípulos de Cristo no solo debemos guardar la fe, sino profesarla y testimoniarla.

Esperanza

A través de la esperanza aspiramos al reino de los cielos y a la vida eterna, poniendo nuestra confianza en las promesas de Cristo y apoyándonos en la gracia del Espíritu Santo.

Caridad

Por la caridad amamos a Dios sobre todas las cosas y al prójimo como a nosotros mismos. La caridad anima e inspira a todas las demás virtudes.

VIRTUDES CARDINALES

Prudencia

La prudencia es la virtud que nos permite discernir de entre todas las cosas y elegir el bien y lo bueno, para así cumplir la voluntad de Dios.

Justicia

Esta virtud consiste en dar a Dios y al prójimo lo que es debido, buscando siempre el bien, porque la justicia nos dispone a respetar los derechos de los demás para vivir en armonía unos con otros.

Fortaleza

La virtud de la fortaleza nos ayuda en las dificultades y nos da la firmeza necesaria para buscar siempre el bien y no dejarnos llevar por las tentaciones que nos apartan de los caminos de Dios.

Templanza

La templanza es la virtud que nos ayuda a saber utilizar las cosas con moderación, para orientar nuestra persona y nuestras acciones hacia el bien.

Índice

2ª edición

© SAN PABLO 2018
Protasio Gómez, 11-15. 28027 Madrid
Tel. 917 425 113
secretaria.edit@sanpablo.es - www.sanpablo.es

Ilustraciones: Jesús López Pastor

Distribución: SAN PABLO. División Comercial
Resina, 1. 28021 Madrid
Tel. 917 987 375
E-mail: ventas@sanpablo.es

ISBN: 978-84-285-5374-2
Depósito legal: M. 1.148-2018
Printed in China. Impreso en China